Friedrich Arnold Steinmann

Der Froschmäusekrieg wider Heinrich Heine's Dichtungen

Friedrich Arnold Steinmann

Der Froschmäusekrieg wider Heinrich Heine's Dichtungen

ISBN/EAN: 9783742863379

Hergestellt in Europa, USA, Kanada, Australien, Japan

Cover: Foto ©Andreas Hilbeck / pixelio.de

Manufactured and distributed by brebook publishing software (www.brebook.com)

Friedrich Arnold Steinmann

Der Froschmäusekrieg wider Heinrich Heine's Dichtungen

Der

Froschmäusekrieg

wider

H. Heine's Dichtungen.

Im gleichen Verlage ist von den Nachträgen zu H. Heine's Werken erschienen:

H. Heine, Dichtungen. Band I und II.

H. Heine, Berlin. Herbstmährchen in 27 Capiteln.

Unter der Presse befindlich:

H. Heine's Briefe. 3 Theile.

H. Heine, Fata morgana der deutschen Literatur. 2 Theile.

Letzteres wird die Briefe von Heine an Fr. Steinmann über die literarischen Erscheinungen seiner Zeit in Deutschland enthalten.

Der

Froschmäusekrieg

wider

H. Heine's Dichtungen.

Von

Friedrich Steinmann.

> Da lagen sie Alle, die Feinde mein,
> Die pissenden Kröten, die Unken,
> Verwesung fraß ihre Cadaver schon;
> Sie haben höllisch gestunken.
> H. Heine.

Amsterdam,

Gebrüder Binger.

1861.

Inhalt.

Vorwort.

		Seite
I.	Genesis der „Dichtungen Heine's." Situation, Verlegenheiten und Conflicte über seinen literarischen Nachlaß nach seinem Tode	1
II.	Gustav Heine und seine Erklärung	17
III.	Die periodische Klatsch- und Scandalpresse	28
IV.	Die Kritik über Heine's Dichtungen und die Echtheit der letzteren	43

Vorwort.

> Wie doch ein einziger Reicher so viele Arme in Nahrung
> Setzt! — Wenn die Könige bauen, haben die Kärrner zu thun.
> Schiller.

Kaum haben Alexander von Humboldt's Briefe die periodische Presse in Bewegung gesetzt, so beginnt gegen die eben erschienenen Dichtungen und binnen Kurzem erscheinenden Briefe Heine's ein Froschmäusekrieg, der an die verschollene Halm-Bacherle'sche Fehde erinnert — Beides Stürme in einem Bierseidel. Damals focht man um das geistige Eigenthum des Dramas: "Der Fechter von Ravenna", jetzt um das einer Sammlung kleiner Gedichte.

In den Spalten eines Organs der Journalwelt meinerseits in erschöpfender Weise aufzutreten, erschien zwecklos; ich habe daher die Form der Broschüre gewählt, die ich hiermit vorlege.

Ein Hamburger Schofelblatt soll nach einer Zeitungsnotiz mich zu einem "Schreiber Heine's in Paris" gestempelt haben, welches mir zugedachte Amt ich nach acht Tagen "aus gewissen Gründen" wieder verlassen hätte. Gegenüber einem Jeden, der mich kennt, enthalte ich mich jeder Bemerkung über diese Infamie; wer Pech anrührt, besudelt sich.

Auch noch andere Organe der Klatsch- und Scandalpresse sollen außer den in vorliegender Broschüre beleuchteten (wovon ich nur dadurch Kenntniß erhielt, daß man sie mir unter Kreuzband zusandte) aus **bibliopolischen** Interessen gegen mich und die Verleger in Bewegung gesetzt sein. Specielleres darüber ist mir fremd geblieben, da ich der Winkelblattslectüre fern stehe.

Der Mittelpunkt des ganzen Gewebes, der Sitz der Spinne, welche die Fäden ihres Netzes an die Klatschblätter angeknüpft, ist übrigens Jedermann bekannt.

Die Leser werden aus den folgenden Blättern meine langjährige Stellung und Bezüge zu H. Heine, den Unsinn der G. Heine'schen „Erklärung", die Motive und Quellen des Journalklatsches und die Echtheit der Dichtungen und Briefe, welche, wie man am Schlusse dieser Schrift ersieht, **durch bekannte Namen** obenein constatirt werden kann, erkennen.

Friedrich Steinmann.

I.

Genesis der „Dichtungen H. Heine's." Situation, Verlegenheiten und Conflicte über seinen literarischen Nachlaß nach seinem Tode.

*Und will sich nimmer erschöpfen und leeren,
Als wollte das Meer noch ein Meer gebären.*
Schiller.

Am 16. Februar 1856 entschlief zu Paris H. Heine, der große deutsche Dichter. Kurz darauf bot ich dem Verleger seiner bis dahin erschienenen Werke, Herrn Julius Campe in Hamburg, meine (später im Verlage des Herrn Kober zu Prag erschienene*) Biographie unseres heimgegangenen, langjährigen Freundes zum Verlage an, und stand dieserhalb mit demselben in Correspondenz. Einige Briefe des Herrn Campe aus

---

*) H. Heine. Denkwürdigkeiten und Erlebnisse aus meinem Zusammenleben mit ihm, von Fr. Steinmann. Mit dem Portrait und 2 Autographen Heine's. 1857.

jener Zeit an mich geben Aufklärung über die damalige Situation der Familie und des Verlegers Heine's rücksichtlich dessen literarischen Nachlasses; es ergeben sich daraus zugleich meine Bezüge zu dem Verstorbenen und die Motive zur Herausgabe der von mir veranstalteten Sammlung der Dichtungen desselben, wie seiner in 5 Theilen unter der Presse befindlichen Briefe. Ich schicke sie daher voraus.

(Diplomatisch getreu abgedruckt.)

Sr. Wohlgeboren dem Herrn Dr. Friedrich Steinmann in Münster.

Hamburg d. 7. März 1856.

Verehrter Herr!

Ihre geehrte Zuschrift v. 26/2 u. 6/3 habe ich in einer Zeit empfangen, wo wir in den Meßarbeiten eingezwängt sitzen, so daß ich fast kaum eine Zeile derselben gelesen habe. Es darf Sie das nicht wundern —: denn bis diese Stunde hat mir weder die Wittwe (Heine's), noch der Testaments-Vollstrecker auch nur eine Zeile geschrieben, die mir dessen Hinscheiden oder seine Verfügungen für die Publikation der gesammten Ausgabe, und wer die Herausgeber seyn sollen —? berichteten.

Sie sehen daraus, daß Alles dahin gehörende zur Zeit noch schläft; mithin ist keine Eile vorhanden, um diesen Schacht auszubeuten. Ja, ich mögte bitten, nichts zu übereilen, sondern gehörig zu wägen und zu vervollständigen, damit es ein Werk seyn möge, das nicht das Gepräge der Eile an sich trägt, was ich fürchte, wenn Sie diese Sache überstürzen. Es ist sogar möglich, daß in den Zeitschriften noch mancher Beitrag geboten wird, der einen Platz in Ihrer Arbeit finden kann. Wenn Sie es sorgfältig überlegen, werden Sie das Richtige meiner Ansicht erkennen. Laßen Sie uns ferner betrachten: wer ist von den Zeitgenoßen noch vorhanden, der Ihnen Concurenz machen könnte? — Ich glaube, Sie finden keinen der, wie Sie, in "freier" Stellung sich befindet oder eine so lange Bekanntschaft gepflogen. Ferner kömmt in Betracht, daß Heine seit 1831 in Paris lebt und dem deutschen Literaturleben in dieser Beziehung entrückt ist. Detmold ist zu faul, Dr. Christiani ebenfalls — Andere sind todt. Laube, dem es vor 10 Jahren bei Heine's Todesnachricht in den Fingern krabbelte —, ist Theater-Director in Wien. Daher bitte ich um eine sorgfältige und fleißige Arbeit.

Ihre Handschrift ist für meine Augen zu lesen eine Fatigue —: darin liegt der erste Grund, daß ich mit den besten Wille nicht gelesen habe, ich bin 64 J. alt.

Und ein anderer Grund ist noch vorhanden, der mich so entschieden "langsam vorzugehen" bitten läßt, ist der: wer über Heine zu schreiben gewillt ist, sucht bei uns Ankergrund zu finden. Und bis jetzt ist kein Antrag irgend einer Art bei uns, außer Ihnen, angelangt.

Mit Alfred Meißner verabredete ich vor Jahr und Tag schon ein Buch, das in August vor. Jahres erscheinen sollte: "Abende verlebt mit H. Heine" etwa Gespräche wie Eckermann und Göthe oder ähnlicher Austausch. Vor 14 Tagen schrieb er mir, er werde abgehalten durch seine dramatische Richtung, jetzt werde er das Mspt. vervollständigen und mir demnächst den wesentlichsten Theil senden. Sie sehen, das Meißnersche Werk touchirt Ihre Mittheilungen durchaus nicht.

Sie sprechen von einer 4 Sgr. Ausgabe (der Heineschen Werke) — toll müßte ich seyn, wenn ich mich dazu verstände — das ist eine Aufgabe für meinen jetzt 10jährigen Sohn, wenn er bereinst Chef und Leiter des Geschäftes geworden und ich nicht mehr vorhanden bin.

Sehen Sie sich gefälligst um, was die 1te Ausgabe der Werke von Schiller, Göthe, Jean Paul ꝛc. gekostet haben, dann werden Sie dem Ziele näher stehen, wie mit der 4 Sgr. Edition! Wenn die Zeit auch Moderationen gegen vormalige Bücherpreise verlangt, so kostet mich die seit 1837 erworbene Gesammtausgabe über 100,000 Franken, die ich bei 4 Sgr. nicht wieder gewinnen würde. Ich ließ diese Ausgabe ruhen, weil die vielen Verbote und Beengungen mir den Markt auf eine empfindliche Weise beschränkt haben. Um nichts zu verpuffen ließ ich sie ruhen. Jetzt denke ich, der todte Heine — ist nicht mehr gefährlich. Also Ruhe! Soll ich Ihnen zur genauern Behandlung, das Mspt. zurück senden? vorher werde ich es lesen oder mir vorlesen lassen, damit ich eine Ansicht über das Vorhandene gewinnen kann.

Noch muß ich Ihnen mittheilen, daß Heine seiner Zeit Ihren Rothschild *) auf meinem Tische fand. Er bat ihn sich aus und behielt ihn, nie habe ich ihn zurück erhalten. Ich vermuthe, daß er dem Hr. v. Rothschild ein Präsent damit gemacht hat. —

Schließlich ersuche ich Sie, mir das Honorar für Ihr Buch zu bestimmen und so zu halten, daß ich Ihren Beistand, wo er nützlich ist, gern in Anspruch nehmen kann.

Mit Hochachtung und Ergebenheit

der Ihrige

Julius Campe.

---

*) Das Haus Rothschild. Von Friedrich Steinmann, erschien später neu gearbeitet und zu 2 Theilen erweitert bei Kober in Prag.

II.

Hamburg d. 8. März 1856.

Verehrter Herr!

Gestern Abend las ich das Mspt. bis Pagina 8. und kann nicht läugnen, daß diese Lectüre mich in meinen Erwartungen sehr herabgestimmt hat. — Sie sagen in diesem Raume nur, was Jeder aus Heines Schriften exerpiren kann, durchaus nichts deßen, was außer Heines eigenen Aeußerungen liegt. Und wie stellen Sie die Verhältnisse dar — „Juden Junge" „Handel mit alten Hosen" —. Das ist burschikos, und nicht edel gesagt *).

Berücksichtigen Sie doch, daß die Juden in allen literärischen Dingen, mehr als die Christen sich betheiligen, namentlich bei einem Autor, der aus ihrer Fraction hervorgegangen ist. Eine solche Bemerkung, verletzt die Leser und die Folge wäre dafür, Ihr Buch fort zu werfen.

Ueberhaupt betrachten sich die Juden nur als die besiegte Partei — sie fühlt sich berechtigt und macht Ansprüche!

---

*) Die Herrn Campe so anstößige Stelle in meiner Biographie Heine's steht Seite 4 und heißt: „Die Familie Heine hat europäischen Namen erlangt durch H. Heine und seinen Oheim Salomon Heine zu Hamburg, der am Schluße des Jahres 1844 starb und sein segensreiches, dem Wohle der Menschheit gewidmetes Leben durch ein Testament beschloß, worin er mehr als eine Million zu milthätigen und frommen Zwecken legirte, obwohl er, nach Hamburg von seinem Geburtsorte Hannover übersiedelnd, als ganzes Hab und Gut eine lederne Hose und einige Groschen im Besitz hatte. Fleiß und Thätigkeit verwandelten aber zu einem reichen Manne und Eigenthümer vieler Millionen den „armen Judenjungen." —

Also in meiner Schrift über H. Heine. Wer wird und wer kann diese Stelle außer Herrn Campe anstößig finden?

F. S.

Und ich, der ich frei und unparteiisch als unbefangener Beobachter stehe, habe die Observanz tausende von Malen zu machen gehabt, wie die Juden rasch und scharf das Richtige einer Sache erfaßen, sich für einen Autor intereßieren — während die Indolenz der andern Partei es mehre 30 Mal hören muß, um dafür erweckt zu werden. Ueberhaupt die Energie und Rüstigkeit dieses Volkes, kann kein aufmerksamer Mensch verkennen.

Doch sind sie leicht zu verletzen, namentlich dadurch, wenn man den "Juden Jungen" oder dergleichen ihnen vorhält. Dem Bruder Salomon Heine's, Henry Heine, sagte ich, als Salomon gestorben war: H. H. habe sein Leben beschrieben und ihm ein Denkmal gestiftet, daß allen Marmor u. s. w. überböte. — "Ach Gott, sagte er, nur wird er wieder die **ledernen Hosen** vorführen —, das darf nicht geschehen" — das Buch ist in der That von der Familie unterdrückt worden. Und **Sie debütieren** damit schon auf den ersten Seiten! —

Heines Mutter — eine Frau in den Achtzigern — lebt noch und besitzt alle Geisteskräfte. Auch seine Schwester, Mdme. Embden, lebt hier —. Diesen mag ich das Mspt. nicht zur Erweiterung vorlegen — sie jagten mich damit zum Teufel, sähen sie ein **solches** Wort. Also **mehr** Delicateße!

III.

Hamburg d. 2. April 1856.

Verehrter Herr!

Bis heute habe ich von der Wittwe Heine's, auch von dem Executor Testamenti noch **keine einzige Zeile** empfangen. — Am 1sten März, nachdem ich einen ganzen Monat verstreichen ließ nach dem Todte ihres Mannes —, trug ich zwei Freunden in Paris auf a) dem

Herrn August G...., zu der ihm wohlbekannten Wittwe zu gehen und ihr mein Beileid und meine sonstigen Aufträge zu bestellen, — er ist Literat, war mit Heine bekannt als er hier lebte, in Paris übersetzte er seinen Faust für Lumby ꝛc. — b) Trug ich meinen Vetter, dem Besitzer der librairie étrangère, auf, sich an den Hr. Joubert, den Executor Test. zu wenden, um das Testament und vorzüglich die Disposition für die Anordnung der Gesammt-Ausgabe zu erhalten.

Am 25. antwortete mir derselbe: G.... habe Mdme. nicht auffinden können. Sie hat die Etage verlaßen; — wo sie ihren Aufenthalt genommen, ist unbekannt; in dem Brief an H's. Mutter verschweigt sie selbigen gleichfalls. — Hr. V. berichtet, Joubert sey ihm und allen seinen Bekannten eine „unbekannte Größe." — Ich lege Ihnen eine Abschrift dieser Passage seines Briefes bei — damit Sie ganz genau über den Stand der Dinge für den jetzigen Augenblick orientiert sind. Am 21sten ging ein Brief an die Mutter ein, 3 bis 4 Seiten füllend, aber nur Phrasen (wie mir der Sohn der Mdme. Emden, Hr. Ludwig Emden sagte) enthaltend, der eigentlich gar nichts berichtet habe, das sich auf das Hinscheiden und die letzten Wochen oder Tage u. Stunde bezöge.

Das Testament sandte sie abschriftlich mit, es ist in französ. Sprache und mit überraschender Klugheit geschrieben. Seine Frau ist Universal-Erbin (ohne irgend welche Legate). Sein literarischer Nachlaß, kurz **alle Briefe und Papiere** sollen sorgfältigst gesammelt und gut verwahrt an L. Emden hierher gesandt werden. Die Herausgabe der Werke soll Dr. Christiani besorgen und überwachen, daß nichts fremdartiges sich einschleicht —. Mir soll man keine Schwierigkeiten bereiten, wenn ich aus Buchhändlerischen Rücksichten eine Abänderung beanspruche —; das Testament ist vom Novbr. 1851 datiert.

Hr. Emden hat bis diesen Augenblick keine Zeile, weder von der Mdme. u. dem Executor, noch Avis oder irgend Etwas empfangen. Er steht ebenso mit leeren Händen wie ich. G.... ist Deutscher und Franzose —, er ist zwei Schneidig, gleich scharf nach beiden und vielen andern Seiten geschliffen. Diesen habe ich es zur gewißens Pflicht gemacht, für die Erhaltung der Papiere die er noch antreffen wird, zu sorgen —, damit das dumme Weiber-Volk, das ihn umgeben und keine Ahnung von dem hat, was unter seiner Obhut liegt, nicht etwa für andern Zweck sich der Dinge bedient oder Achtlos umhertreiben läßt — daß so weit er vermag, bald thunlichst nach dem Wille des Testators hierher an den jungen Emden gesandt wird. Erst nach Empfang dieses Nachlaßes bekommen wir Licht — und Luft zu betrachten, was wir überall zu thun haben werden. Bis dahin beschleicht jeden der Betheiligten eine Befürchtung — ein Verdruß über die so sehr verrückte Behandlung des heiligsten, was der lebende Dichter sein nannte — und in weßen Händen ruhet Alles das? — die Frau versteht kein deutsches Wort. "Teufel" habe ich sie einmal sprechen hören —; ich machte ihr mein Compliment über die wirklich vortreffliche Aussprache, sie sagte: „ce le seul mot que j'ai apprit." Als ich weiter fragte wie es käme, daß sie grade dieses Wort so gut und richtig aufgefaßt, antwortete sie auf Heine zeigend: „car il le dit si souvent" —.

Durch den Stand dieser Unterloßungssünde fehlt uns sammt und sonders die Zuversicht, auch nur einen Schritt in dieser Angelegenheit vorwärts zu thun. Einmal ist L. Emden bei mir gewesen, Dr. Christiani setzte ich in Kenntniß, wozu er auserkoren, er hat geantwortet, aber gesprochen habe ich ihn noch nicht; ich selbst stehe mit der geladenen Flinte Schuß fertig da, aber in's Blaue darf ich nicht schießen, das ist gegen die Regel der Ordnung. Sie sehen, ich stehe gelähmt und gefeßelt, eben so die sämmtlichen Betheiligten — bis ich einen Ueberblick erhalten und einen vernünftigen Plan fassen kann.

Sie drängen auf Entscheidung. Ich verdenke es

Ihnen durchaus nicht, Sie haben ein Recht dazu, das sehe ich ein. Doch um Ihnen zu zeigen, wie die Sachen stehen, bin ich so umständlich und weitläufig in die Situation, in der wir Alle uns befinden, eingegangen. Emden zeigte ich Ihr Manuscript, aber auch er ist nicht geneigt, sich mit Dingen dieser Gattung zu beschäftigen, bis auch er klaren Blickes vor sich sehen kann. Er war so voll Unmuth und verletzt; wie er alle seine gehabten Empfindungen auspackte, daß ich ihn nicht wiederholt auf das Mspt. aufmerksam machen wollte —, wozu sich eine beßere Stunde schon finden wird. Ich fürchte, daß diese Leute mit der Anlage nicht zufrieden sein werden. Eben das giebt mir so wenig Muth damit ihnen entgegen zu treten. Deren Hülfe bedürfen wir sehr. Bis heute habe ich von Alfred Meißner "die Abende mit H. H. verlebt" die so lange mir verheißen sind, noch nicht bekommen. Ueberhaupt habe ich von keiner Seite einen auf Heine bezüglichen Antrag empfangen. Nur darum ist diese scheinbare Theilnahmlosigkeit vorhanden, weil er 26 Jahre lang in Paris lebte, wo er von Landsleuten nur spärlich umgeben war; Journal Artikel kamen in Menge zum Vorschein, doch ein längeres Zusammenleben fand nicht statt; das lange Kranken-Lager machte dem Umgang ein entschiedenes Ende.

So steht diese Partie, die Ihnen richtig und natürlich erscheinen wird, wobei sich nichts forciren läßt. Das Material muß gesucht werden, um es zur Verfügung zu rechter Zeit zu haben. Es wäre möglich, daß eine Selbstbiographie sich findet. Memoiren sind jedenfalls vorhanden. In den vermischten Schriften 1r Band "die Geständnisse" hat er mir als Vorläufer seiner Memoiren bezeichnet. Gewiß muß sich vielerlei Druckfertiges finden. Seit 1844 ist fast nichts erschienen. Der Romanzero lag 1851 fertig und sollte als Posthumes Werk erscheinen. Die vermischten Schriften sind in wenigen Monaten druckfertig gemacht. Darauf folgte seine französische Ausgabe s. Schriften. In wie kurzer Zeit absolvierte er diese. In vorigen Jahre fand ich ihn damit beschäftigt. Betrachte ich diese Thatsachen, ferner, daß er nicht müßig sein konnte, Arbeit allein sein Zeitvertreib war, und mit Vorlesen laßen wechselte, so schließe ich auf einen beträchtlichen Vorrath, den sein Nachlaß birgt (!!!) In dieser Muthmaßung werde ich mich schwerlich täuschen, denn er schaffte während der Krankheit viel rascher, als in gesunden Tagen, wo er oft ungern sich an den Schreibtisch setzte; wohin ich ihn durch nicht Zahlung zwingen mußte, und mit ächzen und klagen fügte er sich. Alles lag fertig und geordnet in seinem Kopfe, wovon ich ein merkwürdiges Beispiel besitze, das ich später mittheilen kann, das zu Bestätigung Schwablewopsky, im Salon, das ist Heines Geschichte. Im Romanzero "das Kätzchen ist gerettet" — das damals gerettete Kätzchen kostete dem rettenden Knaben das Leben —; seine Schwester, bat mich um den Romanzero und erzählte in dem Briefe, daß Heine mit dem Knaben spielend das Kätzchen ins Waßer fallen sah, diesen bat es zu retten, und — statt derselben ertrank.

Ich schließe. Und empfehle mich hochachtungsvoll und ergebenst.

(Anlage zum vorstehenden Briefe.)

Paris d. 25. März 56,

Gleich nach Empfang Deines freundlichen Briefes v. 17. d. M. schrieb ich an Freund G.... und ersuchte ihn, zu mir zu kommen. Gestern habe ich ihn gesehen und es ist ausgemacht worden, daß von seiner Seite der erste Schritt, d. h. der Besuch bei Mad. Heine geschehen wird.

Vor allem handelt es sich aber darum, ihre Adresse aufzufinden, was nicht so leicht zu sein scheint; ich habe wenigstens 3 Stunden gesucht, ohne zu einem Resultate gelangt zu sein. Der M. Joubert ist für mich und auch andere Bekannte "eine ganz unbekannte Größe"; haben wir erst die Adresse von Mad. H., so wird sich die Seinige auch wohl finden. Durch Deinen Brief vom 23. modificiren sich meine Instructionen; das Testament hast Du, es handelt sich also jetzt darum, herauszubringen, wo sein Nachlaß ist, und aus was er besteht.

G.... und ich werden Alles thun, um Dich aufzuklären und wo möglich auch die Papiere nach dort zu senden.

Daß Mad. Heine mit dem Fremdenblatt-Bruder G. Heine schlecht steht, ist glaube ich gut für Dich.

Wäre es möglich, so müßte eine Gesammt-Ausgabe bald kommen. Der Moment scheint mir ein sehr günstiger zu sein.

IV.

Hambnrg d. 8. Decbr. 1856.

Verehrter Herr!

Entschuldigen Sie, daß ich Ihnen erst heute den Anfang des Heine Msptes remittiere. Es hatte sich versteckt, und erst zufällig fand ich es auf und sende es Ihnen sogleich.

Schon am ersten Tage des Empfanges sagte ich Ihnen meine Bedenken über dieses Werk, daß, so wie es angelegt sei, schwerlich seine Mißion erfüllen würde. Seitdem habe ich weiter nichts davon gesehen, das diese Ansicht ändert.

Sie wißen Ihren Rothschild erwarb ich im Jahre 1843 oder 1844. Heine lieh ihn von mir und bat, ihn nicht zu drucken. Wahrscheinlich aus Rücksichten für diese Leute, mit denen er auf freundlichen Fuß stand. Die, wenn sie ein großes Geschäft machten, und einschlug, Heine gelegentlich meldeten: sie hätten ihn mit soviel ꝛc. bei dieser Speculation betheiligt, das Ergebniß von so und soviel sey, das und das; gaben ihm die Verkaufrechnung über seinen Antheil und zahlten die ihn treffende Quote.

Sie sehen daraus, daß Heine wohl Ursache hatte sich diese Herren zu Freunden zu erhalten, und so geschah es, daß Ihr Mspt. zwar von mir gekauft, aber unbenutzt geblieben ist. **Hat dieses ungedruckte Mspt. noch Werth für Sie?**

Das Meißnersche Buch über Heine füge ich als blinder Passagier für Sie bei. Sie haben gewiß bemerkt, mit welcher Schmähsucht die Scriebler über Heine aufs Neue hergefallen sind. Menschen, die nicht werth sind ihm die Schuhriemen zu lösen, diese Pygmaen, wagen sich an den Riesen —; die Erbärmlichkeit macht sich breit.

Bei C. Heymann in Berlin ist vor 14 Tagen von Schmidt ein Buch über Heine erschienen. Dieser Mensch ist ein ...... oder ein Trappisten-Mönch —, genug er bürdet, mit Ausnahme d. Buch der Lieder, jede Gemeinheit und Unzucht auf Heine, grade so, als schriebe er gegen Paul de Kock oder Hr. Bruckbräu und Consorten.

Dieser ..... macht sich breit, verkennt die Grazie, mit einem Wort alle Eigenschaften, womit die Musen unsern seeligen Freund so reich begabt hatten.

Sie freundschaftlichst und achtungsvoll grüßend.

Nach diesen mit diplomatischer Genauigkeit abgedruckten Campe'schen Briefen war die Situation des bisherigen Verlegers der Werke Heine's wie der Familie Heine's rücksichtlich des literarischen Nachlasses des Verstorbenen eine ganz verzwickte; Niemand wußte wohin, noch woher; der große eingebildete Nachlaß schrumpfte im Laufe der Zeit zu einem kleinen Bändchen von zehn Bogen, worin noch dazu bekannte und gedruckte Sachen enthalten waren, zusammen, und die

Wittwe Heine's forderte dafür an Honorar die Kleinigkeit von — 30,000 Francs.

Von den so ersehnten Memoiren — keine Spur, ebensowenig von den „Kisten voll anderen ungedruckten Manuscripts." Wie Erstere in G. Heine's Hände gekommen sein sollen, da sie gar nicht geschrieben sind, mögen die Götter wissen!*)

Unterdessen war meine Schrift über den Dichter unter dem Titel: H. Heine. Denkwürdigkeiten und Erlebnisse aus meinem Zusammenleben mit ihm (Prag: Kober 1857) mit seinem Bildnisse und Autographen-Copien erschienen, vor derselben die Schrift: Heinrich Heine, von Alfred Meißner. Von der Herausgabe eines ungedruckten literarischen Nachlasses oder einer Gesammtausgabe war nirgends Rede. Da schritt ich an's Werk; übereinstimmend mit mehreren in der deutschen periodischen Presse lautgewordenen Stimmen begann ich meine reiche, seit dem Jahre 1819 begonnene Sammlung zu ordnen und stellte zunächst die Gedichte Heine's in zwei Theilen zusammen, welche Ende November 1860 ausgegeben wurden.

Ueber dieselben sprach ich im Vorwort also:

"H. Heine gehört zu den Dichtern — sagte die Zeitschrift: Grenzboten gleich nach seinem Tode —

---

*) Durch ein Wunder, wie sonst anders?
Note des Setzers.

auf deren Werke das Publikum ein Recht
hat, und die Gesammtausgabe muß Alles
enthalten, was er geschrieben. Der Herausgeber wird weiter nichts zu thun haben, als das Zusammengehörige zusammen zu bringen, was
freilich zuweilen auch seine Schwierigkeiten haben wird."

Gewiß eine richtige, wohlbegründete Ansicht! —
Von keiner Seite ist indeß bis heute eine Gesammtausgabe der Werke Heine's begonnen, nicht einmal an-
gekündigt, auch nicht bisher unbekannte und ungedruckte
Erzeugnisse seiner Muse veröffentlicht, nicht einmal den
in Zeitschriften, Taschenbüchern und sonstigen Ephe-
meren und Organen der periodischen Presse Deutschland's und Frankreich's seit dem Jahre 1815, (wo das
erste Gedicht Heine's gedruckt erschien), zerstreuten
Kundgebungen seiner Phantasie und seines Geistes ein
Asyl bereitet; gleichsam obdach- und heimathlos waren
und blieben sie, verschollen in jenen längst vergessenen
Schriften oder im Besitze seiner Freunde, die er mit
handschriftlichen Geschenken der Gabe seiner reichen und
reichbegabten Muse erfreute.

Da muß denn die Pietät gegen Heine zum Werke
schreiten, jenen Heimathlosen eine Stätte bereiten und
ihnen gleichsam eine Hütte bauen.

In den vorliegenden "Dichtungen" ist der Beginn dazu gemacht und darin "das Zusammengehörige
zusammengebracht." Es sind Bausteine zu dem Denk-

mal „dauernder als Erz", das er sich selbst errichtet hat. Die nachfolgenden Blätter enthalten bisher Ungedrucktes. Die darin befindlichen Gedichte sind von Heine selbst zu verschiedenen Zeiten, fast meist en brouillon, mir und anderen Freunden gegeben; viele verdanke ich der Mittheilung unserer gemeinschaftlichen akademischen Freunde: Professor Johannes Müller und Provinzial-Steuer-Direktor Sethe. Gefällig gegen Jeden, der ihn um ein Gedicht ersuchte, ging er damit nichts weniger als haushälterisch zu Werke. Auf Aufforderung in öffentlichen Blättern ist zu dieser Sammlung manches Gedicht hinzugekommen, wofür ich diesen Verehrern Heine's hiermit meinen Dank abstatte. Mögen Andere, die im Besitze von Erzeugnissen seiner Muse sind, bald nachfolgen. —

Einer Statue von Stein oder Metall zur Erinnerung an ihn bedarf's nicht; Er selbst am wenigsten verlangte eine solche Berücksichtigung von der statuenbaulustigen Gegenwart. Wird er doch leben, so lange „ein deutsches Wort erklingt!"

Gleichzeitig gab ich einen Gedicht-Torso von Heine, von anderer Hand ergänzt, das Herbstmährchen Berlin heraus.

Ueber diese Publikationen gerieth denn auch gar bald ein neuer Bacherle in der Person eines G. Heine zu Wien in Harnisch; er fuhr in den Panzer, und der Bacherlekampf ward mit einem Billet-doux an mich eröffnet mit „achtungsvoller" Unterzeichnung. Die Reiseroute der darauf durch die Kölnische Zeitung veröffentlichten s. g. „**Erklärung**" G. Heine's: „nur Er und die Wittwe Heine's könnten allein im Besitz von Theilen seines literarischen Nachlasses sein", war eine seltsame: von H a m b u r g über W i e n in die Zeitung zu K ö l n. Woher und weshalb ergibt sich aus dem Vorhergehenden mehr als klar und deutlich.

II.

Gustav Heine und seine Erklärung.

> Ueber diese Erklärung des Candidaten Jobses
> Geschah ein allgemeines Schütteln des Kopfes.
> Hieronymus Jobs.

Am 3. December 1860 erhielt ich durch die Post einen recommandirten Brief aus Wien. Er lautete:

Geehrter Herr! Soeben erhalte ich 3 Bändchen betitelt Dichtungen von H. Heine. Ich habe meinem Bruder bei meiner letzten Anwesenheit in Paris die Versicherung geben müssen, daß ich mit aller Strenge über seinen literarischen Nachlaß, sowie über die Veröffentlichung einzelner Gedichte wachen werde. Außer diesem berufe ich mich noch auf das Testament meines seligen Bruders §. 4, welcher in dieser Beziehung die bestimmteste Verfügung darüber enthält.

Ew. Wohlgeboren ersuche ich daher, bevor ich diese Angelegenheit öffentlich zur Sprache bringe, mir die Manuscripte der bereits erschienenen, sowie der noch folgenden Bände zu übersenden, damit ich mich überzeuge, ob solche von meinem Bruder eigenhändig geschrieben oder mit seinem vollen Namen unterschrieben sind. Denn nach seiner mir mündlich gegebenen und letztwillig ausgesprochenen Versicherung kann ich nur jene Gedichte als echt anerkennen, welche er geschrieben oder wenigstens mit seinem vollen Namen unterzeichnet hat.

Betrachten Sie diese Zeilen nicht als Zeichen des Mißtrauens, sondern nur als die Erfüllung einer heiligen Pflicht, die ich meinem verstorbenen Bruder schuldig bin. Ich erwarte umgehend Ihre geschätzte Antwort.

Mit Achtung zeichne ich ergebenst

Wien, 1. December 1860.   G. Heine.
             Eigenthümer und Chef-Redacteur des
             Fremdenblattes.

Ich erwiederte darauf noch selbigen Tages, wo ich den Brief erhielt, in folgenden Zeilen:

Münster, 3. December 1860.

Geehrter Herr! Sie wünschen umgehende Beantwortung Ihrer eben mir zugegangenen Zeilen vom 1. Ich gebe sie Ihnen hiemit, augenblicklich zwiefach in Anspruch genommen in Folge übernommener Abfassung einer publicistischen Broschüre und zugleich mit der zu beschleunigenden Ordnung und Redaction von 3 Theilen Heine'scher Briefe beschäftigt, nach deren bevorstehender Beendigung ich auf Sie sofort rücksichtigen werde.

Achtungsvoll

Friedrich Steinmann.

Zehn Tage darauf brachte die Kölnische Zeitung (Nr. 349 vom 13. December) folgende Erklärung:

Herr Steinmann in Münster hat kürzlich bei Binger in Amsterdam 3 Bände, angeblich H. Heine's Nachlaß erscheinen lassen und kündigt davon noch mehrere Bände an. Obschon fest überzeugt, daß hier nur eine Täuschung vorliege, wandte ich mich doch zuerst an Hrn. Steinmann, um von demselben über die Art und Weise, wie er in den Besitz des angeblich von H. Heine herrührenden Nachlasses gelangt sei, Auskunft zu verlangen. Hr. Steinmann hat aber auf meinen dringenden Brief eine ausweichende Antwort ertheilt. Zur Wahrung der literarischen Ehre meines Bruders fühle ich mich daher im Namen meiner Familie und der Wittwe Heine zu folgender Erklärung verpflichtet: Von meinem Bruder existirt weder ein Gedicht, noch sonst ein Aufsatz, der nicht von ihm selbst geschrieben, oder wenigstens mit seinem vollen Namen unterschrieben ist. Mein Bruder hat übrigens nur wenige Manuscripte hinterlassen, die sich sämmtlich in den Händen seiner Wittwe befinden; die Memoiren H. Heine's befinden sich in meinem Besitz. Der von Hrn. Steinmann herausgegebene Nachlaß kann daher nicht von H. Heine sein (!!), und das Publikum wird insofern vor dem Ankaufe dieser Bücher gewarnt. Ein für allemal werden zugleich alle angeblich aus dem Nachlasse Heine's herrührenden Werke, wenn sie nicht von dem rechtmäßigen Besitzer unter klarem Nachweise der Echtheit herausgegeben werden, für falsch erklärt.

Wien, 9. December 1860.

Gustav Heine.

Dieses Wiener Product des "Chef-Redacteurs" eines Fremdenblättchens veranlaßte mich zu folgender Entgegnung, die ich noch selbigen Tages der Expedition der Kölnischen Zeitung zusandte, und in der Nummer derselben vom 16. December ihre Stelle fand:

Vorläufige Entgegnung.

Ein G. Heine in Wien stellte brieflich an mich das arrogante Ansinnen, "ihm die Handschrift der eben erschienenen Dichtungen H. Heine's wie die folgenden Bände zu senden." Ich that mehr als zuviel durch die Antwort: "darauf nach beendeter Redaction des Manuscripts (welches für jeden zur Sache Legitimirten bereit liegt) sofort zu rücksichtigen." Das nennt in einem Inserat in Nr. 349 dies. Ztg. der unbefugte Scribent eine "ausweichende Antwort." — Der damit eröffnete Angriff auf Heine's Dichtungen, über deren Herkunft, Echtheit und Besitz das Vorwort zu denselben die von Jenem gänzlich ignorirte umfassendste Aufklärung gibt, erinnert an die Halm=Bacherle'sche Fehde, pitoyablen Andenkens. Aus meiner demnächst erscheinenden Schrift: "Der Froschmäusekrieg wider Heine's Dichtungen" wird das Publikum wie damals erkennen, auf welcher Seite die **Bacherles** stehen, und ob die Dichtungen echt oder nicht echt sind.

Münster, 13. December 1860.

Friedrich Steinmann.

Ich hatte auch der Redaction der Berliner Volkszeitung meine vorläufige Entgegnung zur Veröffentlichung zugesandt; statt sie aufzunehmen, wie sie die Erklärung G. Heine's aufgenommen, krächzte sie (Nr. 302) also:

"An Friedrich Steinmann in Münster. Herr G. Heine ist Ihnen gegenüber kein "unbefugter Scribent", wie Sie sich ausdrücken; er ist der Bruder H. Heine's und vollkommen befugt, gegen Mißbrauch des Heine'schen Namens, wie derselbe jetzt zu Tage trete, das Wort zu nehmen. — Gleichzeitig mit einer Erklärung Steinmann's geht uns aus Bonn eine angeblich "zur Ehrenrettung H. Heine's" geschriebene Enthüllung zu, aus welcher hervorgeht, daß mit dem Namen Heine's auch von einer andern Seite her jetzt ein schändlicher Mißbrauch getrieben werden soll."

Aus dieser Briefkasten-Notiz der Berliner Volkszeitung ergibt sich die nichtswürdige Art und Weise solches Redactionsgelichters, das Verunglimpfungen des Scandals halber aufzunehmen, der Entgegnung aber die Spalten ihres Blattes zu verschließen sich nicht entblödet. Solchem Klatschorgan gegenüber lohnt es der Mühe nicht, die Mitwirkung der Aufsichtsbehörde in Anspruch zu nehmen und die saubere Redaction zu zwingen, nach Vorschrift des Preßgesetzes auch die Entgegnung durch ihr Blatt zu veröffentlichen. —

Beide Wiener Producte vom 1. und 9. December boten einen gewaltig reichen Stoff in factischer wie logischer Hinsicht zur Betrachtung dar; sie sind, besonders die „Erklärung", s i n n l o s e s G e s c h w ä t z. Die Antwort, welche ich dem Verfasser des Briefes gegeben, wird schwerlich Jemand außer ihm eine „ausweichende" nennen. Welchen eigentlichen Namen aber das Zumuthen eines Fremden verdient, o h n e L e g i t i m a t i o n i r g e n d e i n e r A r t die Zusendung eines Manuscripts mit umgehender Post zu verlangen, ist mehr als einleuchtend.

Der Briefschreiber wähnt diesen gänzlichen Mangel durch das Vorschützen einer a n g e b l i c h e n „m ü n d l i c h e n" Versicherung, die er gegeben, über den literarischen Nachlaß H. Heine's, sowie über die Veröffentlichung einzelner Gedichte machen zu wollen, zu ergänzen. Ja — er entblödet sich nicht, sich sogar auf ein

H. Heine'sches Testament zu berufen, das seiner mit keinem Buchstaben erwähnt, sondern allein den Dr. Christiani "zum Wächter" bestellt. Daraus ergibt sich mehr als schlagend und dem blödesten Auge ersichtlich, was H. Heine selbst von seinem Bruder G. Heine hielt, da er in seiner letztwilligen Verordnung ihn gänzlich von jeder Theilnahme und Thätigkeit mit Bezug auf seinen literarischen Nachlaß ausschloß, behufs Ablieferung des unter seinen Papieren zu Paris vorgefundenen Theils desselben aber als Empfänger seinen Neffen Herrn Embden und zur Ueberwachung bei dessen Herausgabe einen Fremden, nicht einmal zur Familie Gehörigen bestellte.

Es steht daher sowohl der in der Erklärung behauptete Besitz von "Memoiren H. Heine's" wie die angebliche "mündliche" Stipulation auf gar schwachen Füßen: die kirchlich-katholische Lehre der Tradition will doch Herr G. Heine nicht für sich in Anspruch nehmen; er wird im vorliegenden Falle nicht weit damit reichen und gar wenige gläubige Proselyten für sich anwerben.

Zudem erklärt G. Heine ferner, nur solche Gedichte und Aufsätze H. Heine's als echt anzuerkennen, die Letzterer selbst geschrieben oder wenigstens mit seinem vollen Namen unterzeichnet hat. Ob G. Heine irgend etwas, es sei, was es immer wolle, als echt oder nicht echt anerkennt und anerkennen mag, ob irgend etwas vor seinen Augen und vor seiner in seinem "Fremdenblättchen" geübten Klatschkritik Gnade findet oder nicht — Nichts kann gleichgültiger sein, und das um so mehr, da ihn der eigene Bruder testamentarisch von jedem Einflusse auf seinen literarischen Nachlaß wohlüberlegt fern gehalten. Daß er dazu auch durchaus unbefähigt ist, zeigt allein schon der ganze Inhalt und insbesondere die unlogische, sinnlose Behauptung seiner "Erklärung": "Es existire weder ein Gedicht, noch ein Aufsatz von H. Heine, der nicht eigenhändig von ihm geschrieben oder mit seiner vollständigen Namensunterschrift versehen sei!" Der Redacteur des Wiener Fremdenblättchens stempelt sich dadurch zum Allwissenden und rivalisirt direct mit dem Himmel, obwohl er gar nichts weiß.

Er weiß nicht einmal, daß Heine sehr häufig nicht mit seinem wahren Namen aufgetreten ist; unter einer nicht geringen Zahl geschriebener wie in Zeitschriften gedruckter Aufsätze und Gedichte bediente er sich der pseudonymen Bezeichnungen: **Harry, Anselmi, Manfred, Riesenharf** u. s. w. aus Rücksichten aller Art, besonders im Beginn seiner schriftstellerischen Laufbahn und während der ersten zehn Jahre seiner literarischen Thätigkeit. Nur seine größeren Arbeiten waren ausschließlich mit seinem wahren Namen an der Stirn für die Oeffentlichkeit bestimmt, mit Ausnahme einer einzigen, zur Zeit ihres Erscheinens große Sensation erregenden Schrift von mittlerem Umfange, die er in anderem als dem gewohnten Verlage erscheinen ließ, wie der Verleger derselben und ich allein wissen.

Nicht minder ist die fernere Behauptung **mehr als lächerlich**: es existire Nichts von H. Heine's Hand, das nicht er (G. Heine, der angeblich die „Memoiren" besitzen will) oder Heine's Wittwe besäßen, als ob H. Heine unter deren Vormundschaft als ein unmündiges Kind gestanden, oder von jedem Federstrich eine Copie hätte nehmen lassen müssen, und das zu einer Zeit, wo G. Heine „noch ins Bett pißte", vielleicht H. Heine selbst kaum daran gedacht, daß nach seinem Tode jedes seiner Worte unvergänglichen Werth haben würde. Wäre es außerdem wahr, was ein anonymer Artikel der „Wiener Presse" behauptet: "Heine habe über jedes Blättchen von seiner Hand mit ängstlicher und fast mißtrauischer Sorgfalt gewacht", warum vertraute er dann dem Componisten Herrn J. Klein in **Köln den ganzen Operntext**: "Die Batavier" an, ohne selbst eine Copie davon zurück zu halten, der deshalb leider ganz verloren ging? —

Rücksichtlich des **logischen Gehalts** derselben nur eine Anführung, um unnöthiger Weise nicht zu weitläufig zu werden.

„Mein Bruder" — heißt es in der Erklärung — "hat nur wenige Manuscripte hinterlassen, die sich sämmtlich in den Händen seiner Wittwe befinden. Der von Steinmann herausgegebene Nachlaß kann daher nicht von H. Heine sein." Ich führe behufs Nachweises der gänzlichen Unhaltbarkeit dieses Schlusses nur an: Der eigentliche schriftliche Nachlaß eines Verstorbenen in gesetzlichem Sinne findet sich gewöhnlich "unter seinen Papieren" im Sterbehause vor; neben ihm existirt aber auch noch ein solcher Nachlaß in den, in den Händen seiner Freunde, Correspondenten u. s. w. befindlichen Papieren von seiner Hand, Briefen, Gedichten, Aufsätzen u. s. w. Gerade diese Producte der Heine'schen Feder sind es, welche von mir gesammelt, als seine "Dichtungen" herausgegeben sind, und denen noch seine gleichfalls von mir gesammelten Briefe, sowohl diejenigen, welche er selbst an mich und seine Freunde und Bekannte geschrieben hat, als auch theils bisher ungedruckt, theils in Journalen und Blättern bereits veröffentlicht waren und von mir zusammengestellt sind, in 5 Theilen folgen werden.

Es handelt sich sowohl in der Sammlung der Dichtungen wie der Briefe Heine's hiernach selbstredend nicht von seinem ganzen vorhandenen literarischen Nachlasse, sondern nur von Nachträgen zu seinen Werken resp. zu seinem Nachlasse.

Ich habe mit diesen Sammlungen auch nicht um Strohhalmsbreite diejenigen Grenzen überschritten, die sich Sammler rücksichtlich anderer deutscher Schriftsteller gesteckt haben, indem sie derartige Nachträge herausgaben, wie dieses mit den früher gedruckten und ungedruckten literarischen Nachlassen, Gedichten, Briefen einer großen Zahl verstorbener Schriftsteller und Dichter Deutschlands wie u. a. von Lenz, Schubart, Bürger, H. v. Kleist, Schiller, Goethe, Sonnenberg, Hebel, M. Beer, Immermann, Seydelmann, A. u. W. Humboldt der Fall ist.

Gleicher Herkunft sind die Dichtungen Heine's, wie bereits oben detaillirter angegeben worden, und somit zerfällt G. Heine's sinnloses Geschwätz, jeder Logik entbehrend, jeder wahren Thatsache gänzlich baar, in ihr leeres, hohles Nichts. "Worte, nichts als Worte!" —

Das ist die kurze und bündige Geschichte des russischen Feldzuges, des Ruhms G. Heine's; das ist die kurze Aufzeichnung der Geschichte der Genesis der von mir herausgegebenen Dichtungen H. Heine's, die gerade deshalb nicht Gediegenes allein aus seiner Feder enthalten; aber die schwächste der Productionen Heine's, in ihrem ersten Entwurfe und ungefeilt, wie viele derselben in meiner Sammlung vorliegen, wiegt schwerer als Hunderte von Producten der Eintagspoeten der Gegenwart, und — "Heine gehört zu den Dichtern, auf deren Werke das Publikum ein Recht hat, und die Gesammtausgabe muß Alles enthalten, was er geschrieben." — Und was hat der Sammlerfleiß nicht Alles von Goethe und Schiller zusammengetragen! —

Was aber den von G. Heine behaupteten angeblichen Besitz H. Heine'scher Memoiren betrifft, so drängt sich einem jeden Leser seiner confusen, nichtssagenden „Erklärung" die Frage auf: Warum haben Sie dieselben nicht längst herausgegeben? Oder beabsichtigen Sie vielleicht zu ihrer bessern Conservirung und Schmackhaftigkeit sie gleich Schweinewurst und Schinken einzupökeln und zu räuchern? — Sapienti sat! —

III.

Die periodische Klatsch- und Scandalpresse.

Das „gesegnete" Deutschland genießt vor allen Ländern der civilisirten Welt noch eines besonderen Segens, des der Klatsch- und Scandalpresse, deren Göttinnen und Grazien die Gemeinheit und Infamie sind. Diesen Goldenenkalbsdienst in seiner Journalistik duldet der deutsche Michel in der Nachtmütze zu seinem Amusement und wirft ihm seine Dreier zu gleich den Gassenorgelconcertisten, Bärenführern und Harfenistinnen als Abonnement, und aus diesen Almosen bezieht diese Journalistenrotte ihr Honorar, nach Campe's Verdeutschungs-Lexicon: Ehrensold, und treibt dafür Klatsch und Scandal.

Durch Impertinenz und Unverschämtheit allein existirt dieses Genre der deutschen Journalpresse, durch Zubringlichkeit und freche Stirn. Zwölfmal an die Luft gesetzt, kehrt ein solcher „Journalist" zum dreizehntenmal wieder, getreu dem Satze: „Laß dich treten! laß dich stoßen!" Und so bietet er fortwährend seine Waare an: „Kaufen Sie Roß- und faule Aepfel!"

H. Heine hat sich bekanntlich selbst ausführlich über diese „faulen Aepfel" ausgelassen, welche sich so ergiebiger und in erfreulichem Fortschreiten begriffener Ernte erfreuen in der Journalistik Deutschlands, und womit man auch ihn sattsam beworfen. Neben den als Journalredacteure schon längere Zeit fungirenden Namen sind in den letzten zehn bis zwölf Jahren als nicht wieder verloren gegangene „Errungenschaften des tollen Jahres 1848" verschiedene andere Namen aufgetaucht, die in faulen Aepfeln ausschließlich Geschäfte machen, welche auf solchen Bäumen der Erkenntniß gewachsen und — gefault sind, die geradezu in reiner, ungefälschter Herkunft aus dem Paradiese stammen.

Die Zahl Derer, welche diesen Fauläpfelhandel cultiviren, ist seit jener Zeit in Deutschland von Jahr zu Jahr im Steigen begriffen, und rekrutirt sich besonders aus abtrünnigen Abkömmlingen aus Abrahams Saamen; denn dieser Plebs excellirt in der periodischen Presse Deutschlands durch die obgemeldeten Vorzüge, und die Journale und Blätter, deren Redacteure, Mitarbeiter und Correspondenzfabrikarbeiter sie sind, unterhalten ein wohlassortirtes Lager dieser duftenden schönen, überreifen Frucht, und werfen damit nach Allem, was ihnen in den Wurf kommt. Das beruht aber einzig und allein in der nationalökonomischen Tendenz und auf dem Satze: „auf daß Nichts umkomme und unbenutzt zu Schanden und verloren gehe! — —"

Ich hoffe, jedem Mißverständnisse und jeder Verkennung rücksichtlich meiner stets von mir gehegten Ansichten über die Juden, ihre Verhältnisse, Stellung und so vielfach durch Wahn wie Gesetzgebung geschmälerten Rechte, Bedrückungen und Chicanen jeder Art nicht durch ausführliche Ausführungen und Deductionen hier erst entgegentreten zu brauchen. Es wäre mehr als überflüssig, nicht allein für Jeden, der mich persönlich kennt, wie jedem Andern, dem ich durch meine Schriften bekannt bin. Ich habe meiner Ansichten nie und nimmer Hehl gehabt, und sie überall, mündlich wie schriftlich, offen und sonder Rücksicht überall in mehreren meiner Schriften ausgesprochen, namentlich auch in meiner Biographie Heine's im Interesse der Juden und ihrer garantirten Rechte. Aber eben so frei und rückhaltslos bekenne ich auch meine Gesinnungen gegen jene Convertiten und Abtrünnigen des Judenthums, die in der periodischen Presse Deutschlands von Jahr zu Jahr mehr tendenzlos ihr heilloses Unwesen treiben.

Wo statt Wissens der Witz seine Funken sprüht, da übersieht man, besonders wenn es nur Unterhaltung gilt, nachsichtig die Mängel; aber wo statt Witzes die Gemeinheit sich zu Tische setzt und statt Champagners

mit Mistjauche regaliren will, wie eine bereits nicht
geringe Zahl periodischer Blätter, die Berliner
Volkszeitung und ihre sogenannten Redacteure und
Klatschkrämer an der Spitze, fort und fort nur des
Scandals halber schreibt und drucken läßt, weil sie
nichts Anderes zu bringen weiß in ihrer sonstigen
Schriftdürftigkeit, oder mit dem allerirrelevantesten Ge-
trätsch fortwährend zu unterhalten wähnt, wie z. B.
mit dem Thema ohne Ende von "maltraitirten" Judenjungen, die man ihrer Zudringlichkeit wegen dahin trans-
portirt hat, wohin sie gehören, d. h. vor die Thür,
mit der erbaulichen Geschichte von ihrem Glaubensge-
nossen, den ein Leipziger Policist mit dem Titel: "jüdi-
scher Schlingel" beehrte, die den Großherzog von Tos-
cana, der unlängst als Trauergast des Königs am
Berliner Hofe weilte, "einen weggejagten Erzherzog"
schalt, mit dergleichen Dreck um sich wirft und ihre
Spalten füllt, da ist es hoch an der Zeit, sich von
solcher Zeitgeschichtschreibung endlich abzuwen-
den und den Eigenthümern der Volkszeitung und anderer ähnlicher "Organe" zuzurufen: Bis hieher und
nicht weiter! Jedem Ehrenmanne liegt es als heiligste
Pflicht ob, diesem Unfug in der periodischen Presse
des Vaterlandes, der zur politischen und mora-
lischen Verderbniß, besonders in den unteren
Schichten, unaufhaltsam führt, so viel immer in seinen
Kräften steht, ein Ziel zu setzen; den Regierungen liegt

ob, diesem Unwesen der bodenlosesten Unmoral und Gemeinheit auf die kräftigste, sicherste Weise zu steuern.

Wo gestattete und geduldete Preßfreiheit in solche nichtswürdige, nichts fruchtende, verderbliche Preßfrechheit ausartet, die das Heiligste mit Füßen tritt, nach Belieben jeden Namen an den Pranger ungescheut zu heften sich nicht entblödet, die niedrigsten, trivialsten Tendenzen verfolgt und ihnen durch Billigkeit des Preises des Blattes in allen Classen Eingang und Vorschub zu verschaffen weiß, da muß ohne Weiteres zu Mitteln gegriffen werden, um solcher Schriftstellerei für immer ein Ende zu machen! Soviel darüber.

Diese praktischen Nationalökonomen, diese Mitarbeiter in den Journalweinbergen des Herrn sind — ich bediene mich der Worte der "kritischen Monatshefte" — Diejenigen, "welche in Folge der Scheu vor gründlichen Studien zu jedem anderen Berufe untüchtig befunden, sich doch immer noch Talent genug zutrauen, unter die Literaten zu gehen, und wenn sie sich als solche auch in jeder anderen Beziehung durchaus impotent erweisen sollten, zu Einem wenigstens werden sie immer noch brauchbar erscheinen, dazu nämlich: über die Werke der Meister, wie über die Sudeleien der Pfuscher mit gleicher Suffisance zu Gericht zu sitzen, und mit bewunderungswürdiger Spruchfertigkeit über Alles, was ihnen unter die Finger kommt, ihre allezeit fertigen

Urtheile aus dem Aermel zu schütteln. Von noch verberblicherem Einfluß als die Unfähigkeit ist die Herrschaft unsittlicher Motive: Neid, Scandalsucht, Käuflichkeit, Dünkel, Spott u. dgl.; sie finden ihre Stütze hauptsächlich in den Cliquen und Coterien, deren oberster Grundsatz ist, das von ihnen Ausgehende in alle Weltgegenden auszuposaunen, dagegen Alles, was nicht in ihren Kram paßt, entweder durch vornehmes Ignoriren der Vergessenheit oder durch wegwerfende Beurtheilung der Verachtung Preis zu geben." Soweit die kritischen Monatshefte! —

In solchen Händen ruht somit ein großer Theil der sogenannten Kritik der Gegenwart in Deutschland; aber noch ganz anderen Händen ist die periodische, sowohl literarische als publicistische Presse, besonders die Zeitungspresse in bereits vielen ihrer Organe überantwortet, und diese Vertreter derselben nach ihrem wahren Gehalte zu schildern, ist hier die nächste Aufgabe.

Unter diesen „Vertretern" der periodischen Presse (zertreten haben sie selbe längst) macht sich seit dem „tollen Jahre 1848" jene noble Sorte besonders bemerklich, die aus vormals alttestamentarischen „Schriftgelehrten und Pharisäern" unserer Tage besteht. Im Beginn ganz vereinzelt aufgetreten, wächst ihre Zahl und ihr Terrain von Jahr zu Jahr und bildet gegenwärtig eine Coterie durch die ganze periodische, so-

wohl Zeitungs- wie literarische Presse
Deutschlands, Kopf an Kopf für einander einstehend
zu gegenseitiger Hülfe, fest und unlösbar, und duftend
gleich einem polnischen "Weichselzopf der Polackey."
"Treu Hand in Hand, fest Mann an Mann," hält diese
Kette von Convertiten und Abtrünnigen zusammen, und
schlingt sich von Ost nach West, von Nord nach Süd
durch die ganze deutsche Journalwelt, sich wie Sand
am Meere mehrend, und nistet bereits in einer nicht
unbedeutenden Zahl von Winkelblättern.

Auf die größeren Städte und ihre Journalorgane
ist insbesondere ihr Absehen gerichtet; Einfluß auf sie
zu erringen und sie in ihre Hände zu bringen, ist die
Tendenz dieser beschnittenen Coterie, deren Realisirung
ihr in jüngster Zeit über jede Erwartung gelungen ist.
„In Wien sind bereits sieben Blätter und Zeitungen
in solchen Händen;" Berlin zählt deren schon drei;
und kaum existirt noch — mit wenigen ehrenhaften
Ausnahmen — ein Blatt deutscher Zunge, worin nicht
ein solcher einst alttestamentarischer Klatsch- und Scandal-
scribent wenigstens als Correspondent oder Mitarbeiter
den Koth seines Geistes und seiner Feder ablagert.
Ja — nach den bekannten Enthüllungen des Dr. Eiker-
ling, früheren Redacteurs der katholischen Zeitung
„Deutsche Volkshalle", später „Deutschland" umgetauft
— lieferte für dieses Blatt ein getaufter Jude in
München die Leitartikel, ein hebräischer Convertit in

Aachen war Correspondent derselben und ein anderer
Jude orthodoxer Sorte schrieb polemische und theolo-
gische Aufsätze für dieses **Hauptorgan des Katho-
licismus**, worin sie gleich Wanzen sich verborgen
hielten und hohes Honorar für ihre anonymen Dienst-
leistungen wider Protestantismus, Judenthum und „mo-
dernes Heidenthum" bezogen. Es fehlte allein nur noch,
daß ihnen ein katholischer Kirchentag einen **Ehren-
säbel** für ihre lichtscheuen Dienste votirte! — So tief
ist die Tagespresse Deutschlands, des Vaterlandes
Gutenberg's, gesunken! —

Diese Rotte, welche **für Geld gegen und für
den Teufel die Feder führt**, zu gleicher Zeit, im
selben Athemzuge, rekrutirt sich insbesondere aus „politi-
sirenden und ästhetisirenden Ladenschwengeln" u. dergl.,
die statt Wechselformulare und Neujahrsrechnungen die
Spalten einer gewissen Zahl deutscher Blätter und
Zeitungen, von der Berliner Volkszeitung bis zum
Wiener Fremdenblatte, mit ihrem stinkenden Klatsch
füllen und „in faulen Aepfeln machen." Eine bio-
graphische Portraitgallerie dieser Mitarbeiter im journalistischen Weinberge Deutschlands, dieser **„öffentlichen Vertreter"** des deutschen Volks in
seinen heiligsten Angelegenheiten und höch-
sten Interessen, in seinen religiösen, politischen, socialen und wissenschaftlichen Be-
zügen wird „der großen deutschen Nation" endlich

die Augen öffnen, damit sie erkenne, welchen Händen ihr Wohl und Wehe in ihrer periodischen Presse überantwortet ist; sie wird, wenn Werth, Capacität und Getriebe dieser „journalistischen Rhabamanthenmeute" enthüllt werden, endlich ablassen von diesen Blättern und sich ausschließlich den ehrenhaften Organen zuwenden, die — gleichviel welcher politischen Partei sie angehören — mit Ernst und um der Sache willen ihr Ziel zu erreichen sich angelegen sein lassen. „Diese Schofelpresse" — sagte unlängst ein gediegener Artikel der deutschen Vierteljahrsschrift (Heft 2, S. 337. 1860) — „ist nur wie jedes Fabrikgeschäft ein Mittel, Geld zu verdienen; der sittliche Beruf sinkt in den Geldbeutel hinab; unter den unbeschnittenen wie beschnittenen Journalisten ragt nur ein kleiner Kreis durch Charakter und tiefe Bildung hervor; das Uebrige ist leichte Waare, um nicht mehr zu sagen."

Betrachten wir — unter Vorbehalt jener biographischen Portraitgallerie der beschnittenen und nachher getauften gegenwärtigen Schildhalter und Wappenträger der deutschen Schofelpresse Deutschlands — zunächst einige aus dieser journalistischen Obstweiberzunft, welche auf deutschem literarischen Markte mit ihren faulen Früchten sitzen, insoweit sie Heine's Dichtungen vor ihr anrüchiges Gericht gezogen, etwas näher; fassen wir sie etwas genauer ins Auge, diese bisherigen Lieblinge des

deutschen Michelthums, dem die Schuppen noch nicht
von den Augen gefallen sind!

Unser Freund, der liebe, alte, gute deutsche Michel,
liebt — lassen wir ihm diese kleine einzige Freude neben
seiner Schreibseligkeit und Dintenvertilgungslust! —
den Scandal. Zank und Stank sind seine Wollust,
wenn er dabei nur hinter dem Schuß beim Bierseidel
sitzt und liest,

>wenn sie sich fern in der Türkei
>die Köpfe wund und blutig schlagen.

Der Spanier hat seine Stierkämpfe, der Brite
seine Boxer- und Hahnenkämpfe, der Deutsche seine
journalistischen Eselhufschlagcavalcaden und Froschmäuse-
kriege.

Fassen wir die Mannschaft und Führer im neuesten
Froschmäusekampfe näher in's Auge! —

>"Sieht Er, Ziethen, mit solchem Gesindel
>soll ich mich herumschlagen!"
>Der alte Fritz.

Den ersten weltstürmenden Angriff auf Heine's
Dichtungen machte Dr. Kühne in Leipzig in der von
ihm redigirten Wochenschrift "Europa"; ob derselbe
Dr. med. oder phil. oder theol. oder juris oder ho-
noris causa wegen seiner unsterblichen Verdienste um
Europa, den Erdtheil, nicht um sein Blättchen, ist mir
unbekannt; aber soviel weiß ich gewiß, daß er das
Journallesepublikum durch seine Redactionscapacität

bereits geraume Zeit langweilt, und trotz ermäßigter Abonnementspreise und der berühmten Schrift: "Die Schwindsucht heilbar" vergeblich die Abonnentenschwindsucht seines Blattes zu heilen sich abquält. Er nennt dasselbe "Chronik der gebildeten Welt", obwohl es rücksichtlich seiner Bildung den etwa für Samojeden und Lappen geeigneten Höhepunkt einnimmt, indem er Nichts über Alles, was ihm in den Wurf kommt, schwatzt und auf die seichteste, oberflächlichste Weise über Glauben und Wissen, Kunst und Stiefelwichse, Literatur und Senf, Politik und Wasserkuren, Ballet und Baunscheidtismus salbadert. Sein Princip ist das der Principlosigkeit, seine Farbe die farbloseste, das ganze Blatt ein Häringssalat ohne Häring.

Auf die "Dichtungen Heine's" machte Dr. Kühne den kühnsten Choq und "übertraf den edlen Ritter Don Quixote de la Mancha, der Windmühlenflügel für Riesen und Ungeheuer ansah," indem er **nichts** von den Heine'schen Schriften kannte, als **ihre Ankündigung** (6 Wochen vor dem Erscheinen!!), nichts desto weniger aber — (es ist in Nr. 45 S. 1643 der Europa Schwarz auf Weiß zu lesen) — die gewaltige Hypothese in die Welt stieß: "Das Herbstmärchen Berlin dürfte eine Reihe von **Feuilletonartikeln** sein, die Heine während seines Berliner Aufenthaltes für ein Journal verfaßte!" O, si tacuisses, Dr. — philosophiae seu medicinae et cet. mansisses!

Dadurch hat er sich denn der Zahl jener Scribenten selbst zugesellt, von denen Heine sagt:

> Die Lieben, Getreuen und Wackern,
> Vor Allen aber, die vor dem Ei
> Verstehen recht tüchtig zu gackern.

Dieser Don Quixote'sche fantastische Choq hat ihn nun ganz und gar um das Quentchen Hirn unter seinem Redacteurschädel gebracht, und der russische Feldzug des Ruhms dieses Napoleons im deutschen Journalreiche ist gemacht mit vollstem Fiasco. Schicken wir ihn nach St. Helena! *)

In drei Winkelblättern zu Hamburg erschien gleich nach Ausgabe der Dichtungen H. Heine's ein Artikel, A. Str. unterzeichnet, zu gleicher Zeit, über dessen Ursprung man nicht den mindesten Zweifel hegen kann,

---

*) Noch unlängst in Nr. 10 der Europa that der Ehrendoctor den graudiosen Ausspruch: „Inhaltslosere, als G. Binck's Gedichte, (die so manche duftende poetische Blume enthalten,) seien noch nicht dagewesen." Möglich, daß er seine verschollenen, von der öffentlichen Meinung und Kritik längst gerichteten Tragödien für wohlriechendere Machwerke hält. — Wie gänzlich geistig impotent dieser Dr. Kühne ist, ergibt sich zudem daraus, daß er den durch mehrere Tagesblätter laufenden ironischen Artikel über Heine's Dichtungen, mit der Unterschrift: Dr. Ernst Lacher zu Amsterdam, sogar für ernstlich gemeint hielt und sich in seiner Geistesarmuth also gewaltig dupiren ließ! (Vgl. Nr. 2 der „Europa", 1861.) Solcher Impotenz ist die deutsche Journalpresse heut zu Tage überantwortet.

wenn man das wahre Factum berücksichtigt, daß ein gewisser Hamburger Verleger auf dieses Geisteswerk durch Notizzettel an die deutschen Buchhandlungen aufmerksam machte und zugleich die Zusendung eines Exemplars des betreffenden Blattes in Aussicht stellte. Ein solcher Notizzettel von der eigenen, mir wohlbekannten Hand jenes Verlegers liegt vor mir, und außerdem wurden Exemplare jener Winkelblätter-Nummern unter Kreuzband franco durch die Post weit und breit durch Deutschland verbreitet.

Der Verfasser dieses Artikels, eine einst europamüde Persönlichkeit, ist auch der glückliche Verfasser einer Schrift über H. Heine, von welcher er vor ihrem Erscheinen marktschreierisch ausposaunte, sie werde Erde, Himmel und Hölle in Bewegung setzen, während die ganze irdische Auflage Maculatur wurde und längst den Verschollenen beigesellt ist; welches Furore dieses gewaltige Product in der Hölle oder bei St. Petrus gemacht hat, ist auf Erden nicht bekannt geworden.

Der Winkelblattartikelschreiber hat nach seinem geläuterten Hamburger Rauchfleischgeschmack in der Sammlung der Dichtungen Heine's, die ich herausgegeben habe, "kaum fünfzehn leidlich durchgefeilte" Productionen gefunden. Und das ist eine mathematische Wahrheit, aber auch die einzigste, die sich darin findet. Und um diese zu verbreiten und sein Geisteslicht unter dem

Scheffel hervor zu ziehen, damit es nicht gleiches Schicksal mit seiner Erde, Himmel und Hölle bewegenden Schrift habe, d. h. ungelesen bleibe, hat er sich's noch einige Dutzend Kreuzbandsmarken kosten lassen und Exemplare mit der Post als Missionare unter die Heiden gesandt, damit sie lernen und erkennen, was ein "durchgefeiltes" Gedicht ist. Der Verfasser dieses "durchgefeilten" Klatschartikels scheint sich in Ermangelung anderer zweckmäßiger Beschäftigung während seiner freiwilligen Europamüdigkeit im gelobten Lande der Yankees der edlen Zahnbrecherkunst befleißigt zu haben, durch deren Ausübung ihm das Durchfeilen so geläufig geworden ist, daß er faule Zähne und Gedichte derselben Operation unterwirft. Zu bedauern ist dabei indeß nur, daß Herr A. Str....... seine angefressenen Poesien vor ihrer Veröffentlichung nicht unter die Zahnfeile genommen, und vor Publication seines Artikels im Telegraphen, Freischützen und in der Norddeutschen Zeitung statt auf das Zahnbrechermetier sich nicht auf Erlernung der deutschen Sprache gelegt hat, worin er es zur Zeit noch nicht weit gebracht zu haben scheint, indem er gefeilt und durchgefeilt für synonym hält. Indeß ist er nicht der Einzige, der in Deutschland ohne Kenntniß der deutschen Sprache der periodischen Presse ins Handwerk pfuscht; es fehlt nicht an journalistischen Zahnbrechern im lieben deutschen Vaterlande; ihre Zahl ist Legion und "ihre Werke folgen ihnen nach", d. h. in

den Papierkorb oder zum ...., wohin auch die
A. Str.......'schen Geisteswerke wandern.*)

Die "Wiener Presse" brachte in ihrer Nr. 313
einen anonymen Artikel aus der Feder G. Heine's,
wornach H. Heine seine Gedichte "ciselirt" habe und
die vorliegenden Dichtungen "wahrhafter Schund"
seien. Ich vermerke blos diese neuesten Bereicherungen
unserer ästhetischen Ausdrucksweise durch dieses Blatt.

Fernere journalistische Eruptionen außer den eben
näher ins Auge gefaßten Exoteren der Scandalpresse
sind mir nicht bekannt geworden. Die Neugier des
Lesers wird dadurch schon vollauf befriedigt sein; er
kennt die Quellen und Motive des ganzen Handels.

---

*) Nach einer Zeitungsnotiz hat der Buchhändler Campe
diesen A. Str. zum Herausgeber einer Gesammtausgabe der
Werke H. Heine's ausersehen. Eine ominöse Wahl! Gott
segne seine Studia! Wie würde Heine dieses Subject, dem der
Verleger seine Werke überantwortet hat, geißeln nach Verdienst!

IV.

Die Kritik über Heine's Dichtungen und die Echtheit der Letzteren.

> Kritik war die Säugamme unserer Literatur.
> Jean Paul.

Nachdem die bellende Meute der periodischen Presse verstummt ist und ihr Geschrei nicht mehr durch die Spalten derselben heult, hat die besonnene, unpartheiische Kritik in den geachtetsten Journalen ihr Richteramt auszuüben begonnen. Mit Ruhe, Ein- und Umsicht spricht sie sich über Werth und Unwerth der dargebotenen Dichtungen Heine's offen, wahr und rückhaltslos, ohne vorgefaßte Meinung aus.

Das **Magazin für Literatur des Auslandes**, allgemein anerkannt in erster Reihe unter den gediegensten Organen der deutschen Tagespresse, begann den Reigen und fällte in einem ausführlichen, von ihrem Redacteur J. Lehmann unterzeichneten Artikel in Nr. 51, 1860, folgendes Urtheil:

„In Westfalen edirt und in Holland gedruckt und verlegt, geht uns unerwarteter Weise eine große Anzahl Poesien aus H. Heine's Nachlaß zu. Es sind zwei Bändchen Romanzen, Balladen, Traumbilder, Lieder, Eisenbahnbilder, Zeitgedichte, Sonette, "Aus der Matratzengruft", Erzählendes, "Auf rother Erde", Burlesken, Verschollenes u. s. w., während das dritte Bändchen den besondern Titel: Berlin, Herbstmährchen in 27 Kapiteln führt. Außerdem kündigt der Herausgeber Fr. Steinmann Heine's Briefe an ihn und Andere, sowie des Dichters "Fata Morgana der deutschen Literatur" von Heine an."

"Zunächst wird natürlich Jeder fragen: Woher dieses Alles und mit welchem Recht? Herr Steinmann ist allerdings ein Jugend= und Universitätsfreund des Verstorbenen, der lange und viel mit ihm in Briefwechsel gestanden..... Gleichwohl halten wir Heine's Ankündigung seines neuen Verlegers (in einigen Versen seines Herbstmährchens Berlin) für eine Interpolation, wie sehr Vieles, was in diesem Gedicht witz= und geistlos ist, und sich geradezu an dem Andenken des Dichters versündigt. Von den 27 Kapiteln mögen vielleicht 9 vollständig und andere 9 bruchstücksweise dem Dichter angehören, während 9 Kapitel ganz und in den vorgedachten anderen 9 die meisten Verse nicht blos nicht von Heine, sondern geradezu auch unpoetisch und seiner unwürdig sind."

"Der Herausgeber hat keineswegs verschwiegen, daß das sog. Herbstmährchen eben nicht so, wie es vorliegt, aus Heine's Feder hervorgegangen; er sagt vielmehr: "Die Hand des Dichters hat es nicht abgeschlossen; es ist aus seinen Brouillons zusammengesetzt, geordnet und ergänzt von anderer Hand." Indeß hätten diejenigen, die es übernahmen, sein posthumes Werk Berlin zu publiciren, nichts daran ändern und hinzufügen sollen. Besser Bruchstücke, wenn auch hie und da unverständlich und jeder Unterstellung offen, als jene willkürlichen und ihrem innersten Wesen nach unwahren Interpolationen."

"Unverfälscht dagegen tritt uns Heine's Geist in den beiden ersten Bändchen Dichtungen vor Augen. Schon die zwei, das Ganze eröffnenden Gedichte: "Zwei Gräber" sind mit dem ganzen Reichthum der Sprache und Bilder Heine's ausgestattet u. s. w. Eine ganz neue Gattung unter den Dichtungen Heine's sind die Eisenbahnbilder, würdige Pendants zu seinen großartigen Seebildern. Eine so gewaltige dämonische Macht wie die Locomotive, die allem Schlendrian des gewöhnlichen Fortkommens und dem Klebenbleiben auf ausgetretenem Geleise ein Ende zu machen schien, mußte natürlich die Einbildungskraft und die Poesie Heine's erregen."

Liegst schon wieder in Kindesnöthen,
Zeit, du mächtige, erfindungsträchtige,

Ewig-junges, fruchtbares Weib,
Nicht steril wie Menschenweiber!
Aechzest und stöhnst, daß weithin rings
Die Nachbarschaft harrend auflauscht.

Wiederum klappert' — die Kinder vernahmen's —
Schon der Storch. Kreisen sahen sie ihn
In stets näherem Flug um deine Wohnstube.
Kein Horaziches: "Komm' doch heraus, Maus!"
Nein — aus der Schwergeburt erstand und ist
Schon da und lebt — das Riesenkind
In gewaltigen Dimensionen — — die Locomotive,
Mit eisernem Knochenbau und Muskeln und Nerven
Von Metall und statt des Blutes
Kocht und tobt und zischt und gährt und sprudelt
Wasserglut durch sein eiskaltes Geäder.
In Ueberfülle sprengt's die Pulse
Und fährt hinaus gewaltsam in dampfendem Gischt.

"Mit brennenden Farben malt der Dichter die Arbeit der Locomotive, des Führers, des Heizers u. s. w. Der Zug kommt bei Köln vorüber, und er kann nicht umhin, dem prosaischen Klüngel, dem "Schöppche" und "Dumont's Zeitungskuh mit klingendem Euter" Eins abzugeben. Aber

Um Zwölfe des Nachts durch die Lüfte
Gespensterhaft sauset ein Zug.

Die verunglückt sind auf den Schienen —
Sie fahren darauf — Huhu! u. s. w."

Also das Magazin für Literatur des Auslandes über die von mir herausgegebenen Dichtungen Heine's!

Die übrigen deutschen kritischen Blätter sind in ihren Besprechungen noch nicht bis zu den im November v. J. in die Oeffentlichkeit gelangten literarischen Erscheinungen gediehen.

* *
*

So ist denn die ganze Klatsch- und Scandalpresse mit ihrem Gekrächze verstummt und hat der besonnenen, unpartheiischen Kritik Raum und Rede geben müssen, die in den geachtetsten Blättern ihre Urtheilssprüche bereits begonnen, und sich für die Echtheit der Dichtungen Heine's aussprach.

Daneben war es Pflicht des Herausgebers, jenen Winkelblätterverdächtigungen und der factisch wie logisch gleich halt- und gehaltlosen Erklärung G. Heine's gegenüber durch Offenlegung des Manuscripts der Dichtungen und Briefe Heine's jeden Zweifel zu entfernen. **Offenlegung und Einsicht desselben sind nunmehr erfolgt und dadurch die Echtheit Beider vollständig constatirt.** Höchst schlagend und charakteristisch war dabei, daß wohl Autographenhändler, **nicht aber die Klatsch- und Scandalkrämer** auch nur eines einzigen jener, im Verdächtigen so vorciliger Blätter sich zur Einsicht gemeldet, es ihnen somit nicht um die Sache, sondern nur um Scandal, wovon sie leben, unverkennbar zu thun war.

Indem sich nun bis heute sonst Niemand gemeldet, habe ich zu fernerer Genugthuung den Verehrern Heine's und dem Publikum gegenüber die Manuscripte nach Berlin an Fräulein Ludmilla Assing und die Herren Lasalle und Moser, welche alle mit Heine's Handschrift vertraut, zur Einsicht gesandt, deren Echtheit zu bestätigen sie, wenn dazu veranlaßt, gewiß nicht verweigern werden.

Glücklicherweise hat sich das wirklich gebildete Publikum durch das Gekrächze und Gebell der Gegner nicht einschüchtern lassen, und sind die Verleger über das vorläufige materielle Resultat doppelt zufrieden. Mich aber auf entschiedene Weise zu rechtfertigen war ich meinem Namen, den ich während einer vierzigjährigen schriftstellerischen Laufbahn nie durch eine unehrliche Handlung befleckt, schuldig. Die Erzeugnisse meiner eignen Feder konnte ich immer ohne Mühe verwerthen; sie haben überall Theilnahme und Anerkennung der Lesewelt gefunden. Welche Ehre, welchen Vortheil — ich frage jeden vernünftigen Menschen — könnte es mir gewähren, den Namen meines verstorbenen Jugendfreundes zu meinem Pseudonymen zu erwählen und sein Andenken durch einen solchen Act zu beleidigen? Welche übermenschliche Anstrengung hätte es mich nicht kosten müssen, eine ganze Gedichtsammlung in so untrüglicher Weise zu fälschen, daß ich einen scharfen Kritiker und einen Freund Heine's, wie es Dr. Lehmann ist, damit täuschen könnte? Selbst wenn mir alle obigen Belege nicht zu Gebote gestanden, so hätte ich der reinen Vernunft allein meine Vertheidigung überlassen können, und das um so mehr, als die Scandal= und Klatschpresse a u c h n i c h t d a s M i n d e s t e zur Unterstützung ihres Angriffs anzuführen vermogt hat und gänzlich verstummt ist, selbst meine vorläufige Gegenerklärung in nichtswürdigster Absicht in ihre Spalten aufzunehmen sich weigerte. —

Das Publikum weiß nun, auf welcher Seite die Bacherles stehn. Ich kannte meine — nicht "Pappenheimer", sondern Pfaffenhofener. Das vermeintlich schlaue Manöver hat total Fiasco gemacht und die ganze beschnittene Ueberläufer=Reichsarmee der deutschen Tagespresse von der Berliner Volkszeitung bis zum Wiener Fremdenblatte hat ihren Tag bei Roßbach erlebt. —

Besitzer Heine'scher Briefe wollen selbe für die in 5 Theilen unter der Presse befindliche Sammlung gefälligst bald mir einsenden.

friedrich Steinmann.